다만 이야기가 남았네
김상혁 시집

문학동네시인선 086 김상혁

다만 이야기가 남았네

시인의 말

한 떠돌이 부부가 마을로 흘러들었다.
그들은 주민 가운데 그 누구도 거들떠보지 않는 외곽,
아슬아슬한 암벽 밑 울퉁불퉁한 황무지에 집을 지으려고
온 마을에 아부했고 겨우 집을 세울 수 있었다.

그런데 그것을 허락한 주민 가운데 그 누구도
땅의 주인은 아니다. 주인은 나중에 온다, 군대와 함께.
부부의 영혼과도 같은 그 집을 무너뜨리러 온다.

2016년 10월
김상혁

차례

1부
사랑의 미래를 미워하면서 우리는 싸웁니다

나는 이야기 속에서

나는 이야기 속에서 사랑한다. 좋았다고 말하거나 좋은
것에 관해 말하거나. 나는 이야기 속에서 시작한다. 어제 꿈
이 그랬다, 오늘 예감이 이랬다, 머릿속에서 우리에게 허다
한 행운이 따랐다. 쏟아지는 이야기의 기쁨이 여름의 나무
를 높였다, 겨울의 새를 낮추었다, 겨우 언덕을 오른 우리
에게 하늘이 좁아지고 있었다. 겨우 숲으로 도망치는 것으
로 한 이야기가 끝나갈 때. 참을 수 있다고 말하거나 참을
수 있는 것에 관해 말하거나. 다시 이야기 속에서 시작한다.
꿈이 예감을 이끌었다, 웃음이 숲을 흔들었다, 납작해진 언
덕에서 돌아오는 동안 우리는 허다한 행복을 겪었다. 모두
한 번에 쏟아진 시간이었다. 잎사귀가 공중을 덮었다. 새가
울타리 안쪽을 걸었다. 이야기 속에서 이야기의 기쁨이 넘
치고 있었다.

내가 생각하는 새는

내가 생각하는 새는 얼굴을 가져야 해서
바위에 부리를 깨뜨리고 새로운 그것을 구하지 않는다
내가 생각하는 새는 크고 날지 않는다
들판을 질주하고 내가 사랑하지 못하는
고인(故人)과 여자들을 친구라 부른다
나뭇가지에 앉아서 풍조를 즐길 바에야
줄기를 붙들고 세게 흔든다 사람처럼 울면서
내가 생각하는 새는 그런 사람처럼 굴지만
나의 생각에게 또다른 한 명을 요구하지 않는다
재회를 염두에 두지 않는다
오후 마을로부터 피어오르는 흥연에 입을 찍으며
사람의 행복이란 붉은색 입술로
행복에 대해 말하려는 자에게 입맞추는 것이라 여긴다
내가 생각하는 새는 그 생각 속에서 다만
목수가 되려는 꿈을 갖는다 울음으로 흔들던 나무의
참된 주인으로 의자에 앉아
풍향과 요행에서 벗어나기를 원한다
내가 생각하는 새는 내가 생각하는 것을 보면서
자기가 태중임을 자랑하면서

기쁨의 왕

만일 기쁨을 말한다면 그건 사람의 기쁨이겠지. 기쁜 사람이 매일 찾아가 두 팔로 나무를 안아주었다, 나무는 자라 숲이 되고, 숲은 끝없이 퍼져 해안까지 닿았다, 그렇대도 그것이 나무의 기쁨, 숲의, 바다의 기쁨은 아닌 것이다.

먹는 기쁨, 보는 기쁨, 생각하는 기쁨.
영혼의 기쁨 같은 건 없다.
그렇대도 기쁜 영혼 같은 건 있었으면 좋겠다.

기쁜 남자가 가족을 위해 매년 울타리를 칠하였다, 기쁜 아내가 기쁜 아이를 낳았다, 그들의 행운이 이웃을 웃게 만들었다, 그렇대도 이불을 뒤집어쓴 각자의 행복한 꿈속으로는 아무도 들어오지 못하는 것이다.

열매가 쏟아지는 미래, 정성스럽게 채색된 추억, 잠든 이들이 기쁨에 사로잡히는 어둡고 안전한 시간. 거기서 깨어나지 않는 사람은 없다. 깨지지 않는 기쁨 같은 건 없다.

그렇대도 기쁜 영혼이 돌아올 수 있는 기쁜 생활 같은 건 있었으면 좋겠다. 부모가 가방에 챙겨준 물건들이 하나둘 망가지는 동안 기쁜 아이는 자라 많은 아이들이 되었다, 그들이 끝없이 퍼져 바다 건너까지 닿았다, 거기서는 기쁜 나무를 심었으면 좋겠다.

그것은 그곳의 기쁨이다.

먹는 기쁨, 보는 기쁨, 옛날 사람을 떠올리는 기쁨.

죽은 사람의 기쁨 같은 건 없다.

그렇대도 기쁜 영혼이 돌아올 수 있는 기쁜 생각 같은 건 있었으면 좋겠다. 기쁜 생각으로 바라보는 기쁜 물결이 있었으면 좋겠다.

젊은 왕의 사랑

우리 둘은 싸웁니다. 모닥불을 피우고
사람들이 기타 치고 노래하고, 문학과 노동과
사랑의 미래를 이야기하고, 우리는 하나다, 우리는 함께
배우고 같이 간다, 불가에 모여 앉아 일렁이는 표정으로 다
짐하는 동안,
우리는 싸웁니다.
최고 선배가 취하면 매번 꺼내놓는 옛날얘기,
어떤 나라의 무소불위 젊은 왕의 사랑 얘기를 시작하고,
사람들이 하품하고, 흩어지고, 풀숲으로 숨어들어 사랑을
나누고, 이제 우리는 하나지? 이걸로 끝까지 함께 간다,
불가에서
풀숲에서 우정과 사랑을 확인하는 동안,
취한 선배의 얘기는 끝나지 않아,
어느 날 왕은 가난한 여자한테 반해서
늙고 과묵한 하인을 시켜 선물과 사랑의 말을 전했다,
최고 선배가 소릴 높이며 고조되는 동안에도,
우리는 싸웁니다. 불가에도 풀숲에도 가지 못하고,
니가 정말 내가 알던 애가 맞니? 우리가 우리를 너무 몰
랐구나.
사람들 눈치를 보면서, 조용히, 낮게, 하지만 날카롭게,
우리는 싸웁니다. 젊은 왕의 찬란한 고백과 보배를 대신
전하던, 못 배워서 과묵했던 하인의 손과 입술에
가난한 여자가 애정을 느끼고 결국 그 늙은이와 사랑에

빠지는 동안,

　선배는 더욱 고양되고, 사람들은 다 흩어지고, 다 사랑
하고,

　불가와 풀숲에 쓰러져, 오늘 정말 우리는 하나였어, 바닥
을 뒹굴며 중얼거리는데, 우리 둘은

　조금 떨어져 앉은 최고 선배와 여전히 눈 맞추며,

　화가 난 선배의 젊은 왕이 여자와 하인을 목매달고,

　그런데 그녀는 자신이 정말 사랑한 것이 하인이었는지,
아니면 하인이 전해준 왕의 아름다운 말이었는지,

　아아! 목매달려 발버둥치는 순간까지도 알지 못했지!

　그렇게 흥분한 목소리마저 희미한 모닥불 너머로, 흔들리
는 풀숲 너머로, 무대 같은 어둠의

　먼 풍경 너머로 사라진 뒤에도,

　우리는 싸웁니다. 드디어 서로를, 취한 사람들을, 이야기
를 마치고 쓰러진 선배를 신경쓰지도 않고,

　사랑에 게으른 왕의 옛날이야기를 지겨워하면서,

　우리는 하나다! 어쨌든 우리는 같이 간다! 멀리서 누군가
고래고래 악을 쓰는 동안에도,

　우리는 싸웁니다, 새벽까지, 조용하고 낮게, 하지만

　서로의 멱살을 잡고 흔들며 따지고 싶을 만큼, 지금껏 생
각으로 쌓아온

　사랑의 미래를 미워하면서 우리는 싸웁니다.

슬픔의 왕

나는 나보다 슬픈 사람을 다섯이나 알고 있습니다 그중에
는 몽유병자, 주정꾼, 어린 자식을 둘이나 잃은 부인도 있어
요 나는 그들을 다 병원에서 봤습니다

잠결에 자신을 찔렀고, 취해서 애인을 때렸고, 아이들이
바다에서 끝내 돌아오지 못했다네요 너는 어떻게 되었니?
너도 우리만큼 슬프니? 나에게 질문하였습니다

하나같이 슬픔의 왕들이에요 나에게도 병원이 필요하지
만 나 같은 게 병원에 와도 되는 걸까, 이런 슬픔에도 치료
가 필요할까, 동그랗게 둘러앉았는데 나는 고개도 못 들고

자식처럼 키우던 고양이를 베란다 밖으로 던진 얘기, 잘
린 손이 아파서 잠을 못 잔다는 얘기, 병든 엄마가 지겨워 목
을 조른 적이 있다는 얘기를 조용히 듣고 있었습니다

그중에는 우울증, 발모벽, 공황장애, 자기 집에 두 번이
나 불을 지른 청년도 있어요 나는 그들을 다 병원에서 봤
습니다 이야길 들어주는 의사도 나보다는 슬픈 사람이라서

그는 어릴 적 다섯 번 자해했고 말하자면 이건 좋은 여섯
번째 삶이라네요 나는 그렇게 슬픈 사람을 여섯이나 알고
있습니다 타인을 잃고, 자기를 잃고, 결국 자기 생각까지 망

가뜨렸다가

　병원에 와서 자기 생각을 찾고, 자기를 찾고, 결국 타인마저 고양시키는 그들은 하나같이 슬픔의 왕들이에요 되게 망쳐버린 부분이 있고 꼭 되찾고 싶은 생활이 있습니다

　너무 슬플 땐 무서운 게 없더라네요 아무래도 내겐 공포를 지나칠 수 있는 슬픔 같은 건 없으니까, 내가 무언가를 말해도 되는 걸까, 나의 멀쩡한 집과 가족을 어떻게 설명할까

　의사가 미소 짓습니다 괜찮으니 이제는 제 이야기를 해보라네요 그냥 슬픔의 다음 차례를 기다리는 중인데, 이야기 속에서 나는 얼마든지 기뻐할 수 있는데요

벌어진 무덤

'남자는 여자의 머리통을 후려갈겼다'는 사실에는 묘한 익숙함이 있어서 우리는 그 남자가 억센 팔과 험상궂은 이마를 가졌다고 짐작하게 된다. 여자는 옥상에서 뛰어내릴 때 '미안하다'는 말을 남겼고 실은 죽기 직전까지 그녀가 처녀였다는 거.

비가 내렸고 거기에는 살점 같은 눈이 섞여 있었다. 남자는 '다시 태어난다면 그땐 꼭 잘해주겠다'며 울었는데, 그는 자기 여자를 무서워한 적이 없으므로 그런 식의 거짓말은 전혀 불필요한 것이었다. 비가 내렸다. '거기에는 살점 같은 눈이 섞여 있었다.'

달리는 기차에 앉아 김 서린 창에다 여자의 생식기 그려 넣기를 반복했기 때문에 남자는 예전부터 불량스러웠다. 창밖 풍경에 쓸리다가 그것은 곧 흘러내리기 시작했고 그때마다 어린 그는 묘한 기분에 사로잡혔다는 거. 언제나 조금씩 슬펐지만 눈물이 날 만큼은 아니었다.

남자는 '미안하다'는 말을 세번째 되새겼고 네번째가 되자 더이상 엎드려 있을 수 없었다. 아니면 죽도록 사랑했을 것이다. '남자는 여자를 사랑한다'는 사실에는 어떤 육체적인 뉘앙스가 있어서 우리는 여자가 여전히 살아 있다고 짐작하게 된다.

'여자는 그이 앞에서라면 힘껏 벌렸다.' 그리고 '남자가 눈물을 뚝뚝 흘리고 있었다'는 사실에는 추잡한 해석이 끼어들게 된다. 마음속 벌어진 무덤 안으로 비가 내렸고 거기에는 살점 같은 눈이 섞여 있었다는 사실을.

십일월

　자네의 그림에는 풍경과 생각이 섞여 있어 언덕을 그리
고 나면 떠오르는 소리를 거기에 색으로 입히지 어제의 붉
은 언덕을 오르던 사람이 오늘의 검은 언덕을 내려가는 식
이라네 왜 석양을 바라보는 일은 눈을 감는 일보다는 항상
덜 슬픈가

　십일월에 내리는 눈에는 비가 섞여 있어 잠을 자고 나면
꿈의 차디찬 들판을 달리던 가슴에 식은땀이 흐른다네 오늘
우산도 없이 현관문을 두드리던 사람이 내일도 꼼짝없이 눈
속에 서서 벌벌 떨어야 하는 식이지 누구나 화가 앞에서 발
가벗을 용기를 가진 건 아니라네

　시도 때도 없이 달아오르는 얼굴을 도저히 그림에 담을 수
없어 자네가 그린 초상은 끝내 엉망으로 칠해지곤 하지 하
지만 무슨 차이가 있겠나 눈뜨지 않으면 사람의 고백이란
한낱 어둠 속에서 반짝이는 눈발 같은 것을

　나는 자네 그림이 감춘 것에 대해서라면 정말 모르는 게
없었지 붉은 내 얼굴 뒤에서 비가 온다거나 검은 풀밭 속에
눈이 휘몰아치는 식이었다네 왜 세계의 윤곽을 그리는 일은
색으로 세계를 뭉개는 일보다는 항상 덜 슬픈가

　요즘 다른 화가 앞에서 옷을 벗으며 나는 십일월만을 그리

던 자네가 실은 그 누구보다 더 십일월에 몸서리쳤다는 사
실을 깨닫네 하지만 무슨 차이가 있겠나 마음이 붉은색이든
검은색이든 사람이 떠나면 한낱 꿈속의 달리기 같은 것을

백색축제언덕의 처녀

백색축제언덕에 가면 처녀는 아이에 대한 정념을 갖네. 두 손으로 들어올린 아이의 아픔을 염려하면서 여린 겨드랑이를 떠받치고 있네.

백색축제언덕에 가면, 그 언덕을 구르는 동전을 따라가면 빈 금낭을 손에 쥔 주인을 만날 수 있네. 오래된 동전과 기쁨의 주인인 낯선 남자를.

웃음기 없는 처녀에게 그녀가 소망했던 가족을 약속하는 백색축제언덕의 밤이란 모든 것을 망설이는 시간. 모든 것이 달빛의 밀랍으로 뒤덮이는 시간.

각자의 삶으로 조금씩의 눈이 내리면 그녀는 잘 보이지 않는 구름을 향해 입을 벌리네. 차가워지는 아이에게 젖을 물리네.

처녀에게 백색축제언덕이란 돌이킬 수 없는 희망, 거의 그녀의 것이었던 행복의 장작으로 매일 부서지는 집에서 군불을 피운다.

백색축제언덕에 가면, 녹아내리는 언덕 위에 서면 처녀는 한순간의 정념을 갖네. 백색축제언덕의 내일은 누구의 소유인가. 백색축제언덕의 어제는 누구의 소유인가.

베로니카와

베로니카와 철수와 영희는 친구였다. 베로니카는 19세기의 인물이었으며 벽돌을 쌓는 노동을 하고 있었고, 철수는 학생이었고 영희는 높은 구두를 신고 실내를 쿵쾅거리며 걷는 여자였음에도 그들은 친구였다. 그들은 비가 내리는 날 실내에서도 친구였으며 어쩌면 비가 오지 않는 날에도 친구가 아닐 리는 없었다. 그럼 벽돌을 쌓는 일에 대해서 생각해보자. 붉은 벽돌만을 떠올리는 자는 훌륭한 벽을 쌓을 수 없다. 그럼 학생에 대해 생각해보자. 원래의 나는 훨씬 대단한 사람이에요! 아님 쿵쾅거리는 에나멜의 아름다움에 대해서라도. 베로니카가 우리에게 올 수만 있다면…… 19세기에 비루했던 하얗고 아담한 베로니카가 조용한 실내에서 자기를 뽐내기 위해 저 문을 밀고 들어온다면…… 벽돌 쌓기를 마친 베로니카는 정말로 그렇게 했다. 정말 베로니카는 그렇게 했다니까. 철수와 영희는 그날도 카페에 앉아 떠들며 욕을 지껄이고 있었고, 그들을 향해 19세기엔 벽돌을 쌓았고, 이제 학생이고, 이제 쿵쾅거리는 베로니카가 다가왔다. 베로니카의 벽들은 수 세기가 지난 뒤에도 비와 추위로부터 어떤 사람들을 보호하고 있다. 그리고 지금 그녀는 어떡해야 너희들 마음에 들 수가 있는지 모르겠다며 울고 있다.

노스요크의 초겨울

개들의 오줌으로 흠뻑 젖은 하얀 울 카펫을 뒤집어놓은 듯한 하늘. 노스요크(North York)의 초겨울은 항시 이렇지. 러시아에서 온 유학생들은 아직 반팔을 입고 다니는. 실은 여자가 되고 싶은 녀석들과 예쁜 여자라면 환장하는 녀석들이 프롬에 데려갈 처녀에게 미리 고백을 해두는. 그리고 또 한 가지, 한국 사람은 이곳에서 교회에 다니지 않고는 배길 수가 없네.

상상해보자. 모두가 세탁소에서 셔츠를 다리거나 컨비니언스에서 껌과 담배를 파는 모습을. 하나같이 일요일마다 교회에 모여 애들은 땀을 뻘뻘 흘리며 탁구를 치고, 어른들은 '여기서 태어난 애들은 싸가지가 없어서……' 따위의 말을 하며 탁구대 옆에 놓인 긴 탁자에 서넛씩 앉아 빵을 뜯는 모습을. 하지만 그 순간에도 한두 사람 정도는 꼭 창가에 앉아 하늘을 쳐다보고 있지. 당장이라도 코를 막고 싶은 기분을 간신히 참으면서.

한때 하늘 너머에 있는 것이라면 무엇이든 믿었네. 하지만 네가 바다를 건너 고국으로 돌아간 뒤에 나는 바다 너머에 있는 것이라면 무엇이든 믿어버리게 되었지. 우리는 모두가 쳐다보던 생기 넘치는 커플. 프롬에서 땀을 뻘뻘 흘리며 열심히도 춤을 추었지만 서로의 귓속에 속삭였던 얘기는 아무도 듣지 못했지. '이곳에 사는 애들은 하나같이……'

이곳에 사는 한인은 이곳의 한인과 만나 결혼을 하네. 모두 한때 탁구를 쳤고 지금은 셔츠를 다리고 껌과 담배를 팔지. 하지만 우리는 바다를 건너 한국인이 잔뜩 모여 있는 고국에서 고백을 하고 싶은. 노스요크의 초겨울은 이런 식이지. 실은 바다 너머의 서로를 염려하면서도 두 손을 모아 창밖으로 내밀어 공중에서 떨어지는 것들을 받아내고 싶은. 그리고 또 한 가지, 이즈음엔 나도 반팔을 입게 되었네. 추위를 견디는 러시아인처럼. 땀을 흘리는 한국인처럼.

맞다, 아니다

몸이 좋지 않아서 눈빛으로 산책을 하다
유리창을 닦아두고 시선이 풀밭을 달리게 하다
몸이 더 나빠지기 전에 창가에 앉아
웃자란 수염을 만지며 질문하다
너희들이 가도 좋은 천국이 있어?
그 어느 곳도 아닌 바로 이곳에 살기를
가장 바라는 자들을 위한 더 좋은 곳이?
그리고 발소리가 복도를 울리다
이제 너희가 오는구나, 아니, 너희가 아니구나,
입가를 끊임없이 뒤덮는 살비듬을 문질러 비비며
여전히 귀를 기울인 채로
왼손에 쥔 어둠이 무거우면 오른손으로 그것을 옮겨 쥐다
그런 반복을 이 순간에도 몇 번씩
그렇게 입가를 문지르고 빈주먹을 쥐다 펴고 귀를 기울
이고
너희가 맞구나, 너희가 아니구나,
죽은 친구들과 떠난 아이들을 떠올리다
몸이 좋지 않아서 떠올린 그것을 간신히 붙잡아두다
그렇게 풀밭으로 달려나간 시선을 붙잡아 되돌리기가
머릿속으로 돌아오는 눈빛을 맞이하기가 어려워지다
귀를 기울이다 질문하다 그리고 매일 너희들이 온다
맞다. 아니다.

떨어지는 동전

거스름으로 받은 동전 하나가
우연히 손에 쥔 그것이
어쩐지 소중히 여겨지는 날이 있다네
막 수염이 나기 시작한 그 소년도 어느 날
그리 흔한 동전 하나에 연연하게 되었지
마른 빵 하나 값을 치르기도 부족한
동전을 거슬러 받고는 그것이 그날의
모든 운수인 양 놓지 못했다네
손에 쥔 하나를 아침부터 놓지 못했어
형들은 씩씩해서 곧잘 절벽에도 오르고
힘이 센 아버지는 날카로운 도끼를 만지는 목수
아름다운 어머니는 부엌에서 종일 불을 다룬다
동전을 쥔 소년의 손에 땀이 흐르네
식탁에서도 변소에서도 그것을 놓지 못해
여리고 하얀 주먹이 나쁜 냄새를 풍겼지
형들이 다 눕고 아버지가 코 골고
어머니마저 잠들자 이불 밑에서 소년이 속삭인다
'내가 우리의 행운을 지키고 있었어요.'
우연히 손에 쥔 동전이 어쩐지 소중한 날
마른 빵 하나 값을 치르기도 부족한 동전을
거슬러 받고는 그것을 쥐고 잠든 날
이제는 그날의 모든 운수인 동전이
이제는 깊은 잠에 빠져버린 소년의 그 동전이

스쿠쿠

　　―'스쿠쿠'는 그 새를 처음 본 사람마저 그것이 바로 '스쿠
쿠'라는 사실을 알 수 있을 만큼 슬픈 두상을 가졌어요. 그
것은 꼭 사람 같은 입술을 가지고 있습니다.

　　여기까지 새를 발명했을 때
　　우리는 그것이 날아선 안 된다고 결심했다.
　　그리고 그 까닭이 우리의 새의 기분과 연관되어 있다고
　　이토록 무더운 평일 벤치에 앉아 주스를 마시며
　　무심코 결심해버렸다; '스쿠쿠'가, 그것이 날게 되는 일
은 결코 없다!

　　―'스쿠쿠'라는 새의 못난 두상을, 주먹에 맞아 움푹 찌그
러진 찰흙덩이 같은 그 두상을요. 요리가 되어 식탁에 오른
다면 '스쿠쿠'는 결코, 결코 날지 않겠지요.

　　우리는 십 년 가까이 만난 연인으로서
　　이토록 무더운 평일 벤치에 앉아 주스를 마시며
　　영화관 입구를 향해 길게 줄지어 선 사람들을 바라보고
있었다.
　　서로의 손을 잡지도 않은 채 우리는 우리의 새를 그렇게
결심해버렸다;
　　한번 식탁 위에서 뜨거워진 '스쿠쿠'는 울지도, 날지도 않
는다.

2부

여러분 죽지 않는 여러분

여왕은 좋은 친구였습니다

여왕은 좋은 친구였습니다
사람을 만나면 한쪽 다리를 저는

여왕은 슬픈 친구였지만
정말 울 것 같은 얼굴이 되면
그땐 집으로 돌아갈 시간

너희를 끝없이 낳았는데도
내 치아가 고른 걸 보니 마음이 놓인다
차가운 진수성찬을 꼭꼭 씹어 먹는 여왕은
제 자식이 자라서 병사가 되고
문밖을 파수하다 임종을 맞는 순간을
몇백 번이나 지켰습니다

문틈으로부터 쏟아져내리는 겨울의
그림자의 반짝임
배꼽이 딱딱하게 솟아오르는 계절

여왕은 친구로서 동네를 걷곤 했습니다
제 아들딸이 아닌 자들을 만나게 되면
한쪽 다리를 저는 슬픈 친구였지만
얼어붙은 농장부터 뜨거운 공장까지
거의 감당할 수 없이 무거운 기억의

외투를 끌며 걸었습니다

쏟아질 것 같은 배를 두 손으로 받치고
정말 울 것 같은 얼굴이 되기 전까지
돌아가지 않던 여왕은 좋은 친구였습니다
창검을 쥔 자식들의 죽음을 견디다못해
변기에다 가슴속 여름으로부터 흘러나오는
젖을 다 짜내기 전까지는

여왕님의 애인은 누구인가

얼음산에서 발굴된 여왕님은 한때는 자신을 지키던 창에 기대어 졸고 있었습죠. 드레스 위로 벗어난 탐스러운 가슴을 몇 번씩은 주무르고 나서야 우리는 삐걱거리는 옥좌에 늘어져 있던 그분을 바닥에 눕혔더랍니다.

……너희는 아는가, 후회하는 자가 아니라,
영영 후회하는 상태에 사로잡힌 삶에 대해.
나는 언제부턴가 나의 슬픔과 정원을 기계에 맡기었다.
매일 밤 머릿속을 구르는 바퀴의 소음이
성 밖으로 또 한 수레 샐비어를 실어나른다.

……성벽을 높이고 호를 파는 시절 너머로 보낸
나의 사절단은 결혼을 하고 아이도 기른다네.
그들은 이 시대가 방영되는 화면의 오래된 자막을 읽으며
자신이 고수했던 양식을 잊어간다네.
너희는 아는가, 이별하는 자가 아니라,
영영 이별하는 상태에 사로잡힌 삶 위에 덧입는
휘황찬란한 의복에 대해.

……마지막으로 떠난 병사의 창에 기대어
망루에서 나는 호(湖)가 얼어붙기만을 기다렸다.
몇 줌의 붉은 꽃과 옥좌를 실은 나의 마차,
굴뚝을 구경하던 한 늙은 사절의 싸늘한 응시,

어린것들은 순결을 몇 겹으로 동여맨 내 치마
깊은 곳에 얼굴을 넣고 물과 땀의 냄새를 맡네.
……지킬 것이 없는 마음의 겨울은 언제인가.
얼음산 호수 위를 걸어 당도할 나의 추억은 나의 애인인가.

남자들은 여왕님을 마저 벗기지 않고 서로 눈치를 좀 봤
습죠. 우리는 여럿인데 여왕님은 한 분뿐이니…… 염병할!
무슨
가슴이
이리
차갑담!

빈손

한 사람이 떠났을 때 나는 어렸다. 그는 "북쪽으로 가면 19세기가 있다"고 말했고, 그때는 나를 사랑해주는 사람이 넷이나 더 있어서 옛날얘기 같은 건 신경쓰지 않았다.

두번째 사람이 떠나며 "북쪽에서 태양과 이별하고 오겠다"고 했을 때 나는 빛나는 나이였다. 나머지 셋과 같이 행복해서 그의 북쪽이 사랑이든 겨울이든 상관하지 않았다.

세번째와 네번째 사람은 매일 밤 거리를 쏘다녔다. 도시와 열기의 바깥으로 매일 조금씩 더 멀리. 그들이 사라진 친구들을 더없이 훌륭한 모습으로 추억하게 되었을 때

북쪽에 대한 돌이킬 수 없는 마음, 빙하 위로 끝없이 늘어선 뜨거운 공장들을 그려보기, 하지만 얼어붙은 연기를 녹이는 건 인간의 믿음. 그때 나는 너무 커버려서 허황된 생각은 하지 않았다.

"북쪽을 되찾아오겠다"며 마지막 사람이 떠났을 때 그는 어린 학생이었다. 나는 북쪽이란 어쩌면 그가 처음 가지게 될 책가방 같은 것이라고 생각했다. 어떤 값진 것을 담아오든 그 가방만큼 소중할 수는 없을 것.

그리고 나는 늙어서 앞날을 마음에 두지 않았다. 내가 마루에 누워 고집쟁이가 되어가고 있을 때 그들은 돌아왔다. 말하자면 19세기에서부터, 태양을 등지고, 겨울을 실컷 쏘다니다가, 가방을 메고 왔다.

다섯이 주먹처럼 모여 앉아 있었다. 사랑받기 위해서 조금씩은 형편없는 삶을 살아왔다고 고백하면서. 내 손에 오

래된, 녹고 있는, 작은 북쪽 하나를 쥐여주면서 그렇게.　　　　　—

인간의 유산

남자는 성실한 노예라네. 주인의 땅에서 목화와 옥수수를 키운다네. 목화는 주인을 부자로 만들고 옥수수는 가축과 남자를 매년 살찌우지.

물론 가끔은 매질을 당하기도 한다. 존, 존! 오전부터 내 아내를 훔쳐보다니! 그게 급하면 당장 가서 너의 여자에게나 들어가라! 남자는 두 손으로 머리를 감싸안고 집으로 돌아와

자기 아내를 눕힌다네. 마님의 양배추를 손질하고 돌아온 아내를 때린다네. 오전에 마님은 어떻게 입었지? 무슨 색을 입었어? 엎드린 아내가 기름에 볶은 양배추 채의 향기를 떠올리는 시간

남자는 곧 바지를 올리고 점심을 먹고 밭으로 돌아가네. 양배추 요리는 마님을 더 아름답게 만들고 옥수수는 남자와 아내를 매년 살찌우지. 그리고 그녀는 자기 개를 목숨처럼 아낀다.

남자는 성실한 노예라네. 목화가 끝나고 옥수수가 끝난 땅에다 아내와 개를 먹일 고구마를 기르지. 주인은 고기가 필요하면 사냥을 떠난다네. 물론 가끔은 존의 아내에게 들어가기도 한다.

물론 이런 이야기는 끝이 없다네. 여자와 개가 도망치지 않는다면. 모든 마지막이 그렇듯, 모든 것과 함께 성과 집이 불타버리지 않는다면. 그리고 오랜 시간이 흐른다. 돌 하나도 돌 위에 남지 않고 무너져버린 아주 오랜 시간

주인도 노예도 다 죽었고, 죽은 뒤에 무엇이 있는지는 아무도 모르지. 다만 이야기가 남았네. 책 속에, 영화 속에, 머릿속에. 끝까지 나름 행복했던 남자의 이야기와, 양배추와 개를 소중히 키웠던 여자의 이야기가 매년 우리를 살찌우지.

영화관

아내가 도착하지 않았는데 영화가 시작되었다
그녀가 도착하지 않았는데 영화가 너무 좋아서
나는 그 이야기에 빠져버리고 말았다
여주인공이 산골 마을로 들어설 때
죄송합니다, 좀 지나갈게요,
아내가 어두운 극장으로 들어오며 자리를 찾는다
지나간 이야기를 설명해주어야 할는지?
하지만 아내는 충분히 알겠다는 듯이 집중하고 있다
그녀가 도착한 뒤에 영화는 더 좋아져서
우리는 그 이야기에 금세 빠져버리고 말았다
주인공이 마차에 숨어 마을을 빠져나갈 때
죄송합니다, 좀 나갈게요,
나는 어두운 극장을 나가 담배를 피우기로 했다
아내는 일어서는 나를 만류하였다가
영화가 끝나지 않아서, 영화가 점점 더 좋아져서
그대로 앉은 채 이야기에 다시 빠져버리고 말았다
나는 밖에서 그녀의 영화가 끝나기를 기다린다
여주인공이 마지막엔 꼭 잘되었으면
여자를 괴롭힌 마을도 다 불타버렸으면 좋겠다
어쨌든 지금은 너무 길고 좋은
그 이야기가 그녀를 언제 놓아줄지 생각하는 것이다
나도 아내만큼 이야기에 빠져 있지만
사람들은 햇빛 속에서도 얼마든지 불행해 보이고

이야기를 몰라도 이야기처럼 산다
뒤늦게 극장을 나올 그녀에게 들어야 할는지?
그래서 이야기 속 여자가 영원히 행복해졌다면
우리에게 다시 극장을 찾게 하는 힘은 무엇이겠는지

시간을 재다

환전소에서 만납시다. 세계여행의 꿈을 간직한 채로. 아직은 세계여행을 해보지 않은 채로. 한 팔에 두꺼운 외투를 건 채 우리의 여름이 오싹해지길 기원합시다. 한밤중 헤드라이트 앞으로 튀어나온 무스의 높고 아름다운 뿔이 도로변으로 굴러떨어질 때, 산줄기를 따라 쭉 내려가는 별이 너무 차갑고 뾰족할 때, 시간이 개념 없이 흘러버렸을 때 분노와 회한으로 침묵하지 맙시다.

경향성. 낯선 곳에서 만난 사람, 혹은 오래된 사랑을 설명하는 이런 말 앞에 지갑을 열지 맙시다. 거듭 펼쳐봐도 질리지 않는 새 지도들을 주머니 가득 쩔러넣고, 여전히 세계여행은 해보지 않은 채로, 여행지에서 남겨온 동전을 난로 위에 올려두기 위해 겨울을 기다립시다. 순환하지 않는 계절. 여름은 겨울로 늙어가고, 다음 여름엔 더 늙어버린 모습으로, 두 팔로 석유통을 힘겹게 안아들고서

다시 공항을 떠납시다. 막 돌아온 자들의 회고담이 우리의 미래를 엉망으로 앞지르기 전에, 그들이 캠프파이어 장작 대신 던져넣은 것이 만남이든 이별이든. 여객을 태우지 않은 여객기들의 불빛이 천체처럼, 별자리 도감을 펼치면 드러나는 빛의 선분처럼 흐를 때까지, 혹은 상상으로 내려보는 야영지 군락의 밤이 동떨어진 보화를 삼킬 때까지. 일회성. 귀갓길 우리를 홀려 상점으로 들어서게 하는 이런 말

앞에 눈뜨지 맙시다.

시세 씨의 사정

마지막 문장을 쓰려고 바닥에 배를 깔고 누웠을 때
시세 씨와 그의 친구가 들어왔다. 나는 그들이
우락부락해서 오래 쳐다볼 수 없었다.

한밤중에 어머니가 부른 그들의
일은 방에서 거실로 가구를 옮기는 것.
시세 씨와 친구가 가구 속 값진 것들을 꺼내는 동안
나는 흐트러진 종이들 옆에서 잠들었다.

아침까지 문장은 떠오르지 않았고
내가 깼을 땐 가구들이 다 옮겨져 있었다.
그들은 내가 잠들어서 일이 편했다고
함께 나가서 아침을 먹자고 했다.

시세 씨가 들어서자 빵집 주인은 창백해졌다.
'나 여기 먹으러 왔습니다.'
우리는 앉아서 시세 씨가 주문을 마치길 기다리는데
문밖에서 사이렌 소리가 들렸다.

화가 났는지 물어보려고
나는 잡혀가는 시세 씨에게 다가갔다.

집으로 돌아오는 길에 드디어 하나의 문장을 떠올렸는데,

그런데, 시세 씨는 왜 잡혀갔을까?
우락부락한 외모 때문에? 갈색의 외국인이라서?
누가 경관을 불렀기 때문인가?

쥐색 빵모자를 눌러쓴 시세 씨
그의 친구는 테이블에 앉아 끝까지 빵을 먹었고
나는 방으로 돌아와 다시 바닥에 배를 깔고 누웠다.
어머니는 이른 시간 출근해버려서
나는 질문할 수가 없었던 것이다.

내가 잠든 동안 시세 씨가 왜
내게 아무 짓도 하지 않았는지.
왜 나의 깊고 값진 것을 들추어보지 않았는지.

아들에게

너는 하루가 다르게 자란다
매일 불량해지는 너를 우리가 어떻게 대해야 할지
자기를 왕으로 여기는 너에게 어떻게
설명해야 할지 몰라 너의 좁고 천한 이마가
쓸데없이 진중한 말투와 얼마나 어울리지 않는지
우리는 너를 위해 너무나 오랫동안 기도하다
도무지 신 같은 건 믿을 수 없게 되었다
뜻밖의 축복과 너의 착한 말에 감사할 까닭이 없는
삶이 얼마나 괴로운지 너의 책상 위에 꺾어놓은 바람꽃이
버려지지 않도록 한때 얼마나 전력으로 기도했는지 몰라
하지만 아들아 우연이라니;
여름 언덕 위에 누운 어린 너의 휘날리던 머리칼이
우리의 두 눈과 겨울을 새까맣게 뒤덮는 동안 우리는
추위를 견디며 우리가 생각하는 향기를 맡고 있었다

철로는 말한다

　철로는 말한다; 이것은 길고 거대한 교량을 따라 놓인 철
로로서 저 아래 흐르고 있거나 혹은 얼어붙어 있는 강을 쳐
다보는 여객들의 아찔한 생각을 침목과 자갈로 버티고 있다.
이것은 언제든 끝이 있고 어쩌면 다시 돌아오게 되는 여행으
로서 저들의 마음은 이미 달리는 기차를 앞질러 역사(驛舍)
를 향해 뛰어내리고 있다. 몇은 죽었다. 철로는 말한다; 이것
은 반쯤 죽어 있는 사람으로서, 물을 뒤집어쓰고 조금 식어버
린 여름으로서 오직 살아 있는 혹은 완전히 죽은 자들만의 미
래. 몇은 작년에도 죽었다. 맹렬히 달려오는 기차를 쳐다보면
서, 오줌이 바지를 적시는 순간에도, 잠깐만, 어쩌면…… 어
쩌면…… 하고. 철로는 말한다; 여름이 되면 겨울을 기다리
라 하지만 겨울이 오면 창밖의 무너지는 여름을 향해 달리리
라. 이것은 결코 움직이지 않는, 쏟아지는 물과 피와 희망을
받아내는, 갈빗대 같은, 궤도로서, 빗장으로서.

조디악

　　나는 듣는다 열두 번씩 열두 번이라도 그것이 사람의 말
이라면 그것이 어떤 말이든 검은 강물에 띄운 배 위에 서서
나는 듣는다 하루에 열두 시간은 자고 열한 시간 술을 마신
다 그리고 강가에 묶인 배를 향하여 걸어나올 때 수평선과
물고기를 구경하러 나오는 그 시간에 살아 있다면 살아 있
기만 하다면 엄마와 아들의 말을 아빠와 아빠의 손에 이끌
려 나온 딸의 이야기를 나는 듣는다 졸린 눈을 비비며 대
문 밖에서 이십 세기까지 늘어선 사람들의 줄이 해안을 따
라 세월을 따라 길어질 때 그들이 대화를 시작하고 서로 애
착하기 시작하고 사랑하고 아이들이 태어나 말을 시작하고
이 줄은 무엇이죠, 하고 재밌어할 때 나는 듣는다 살인자에
게 열두 시간 쫓기는 꿈속에서 훌쩍 뛰어나와 나는 강가로
향한다 검은 물 묶인 배 아직은 삼월 춘분점 문밖에서 이십
세기로 이어지는 여러분 죽지 않는 여러분 어떤 말이든 나
는 듣는다 배 위에 서서 술에 취해 흔들리며 꿈을 무서워하
며 그래 꿈속에서 살인자가 말한다 너는 나와 만나는 이곳
이 아니라 나를 벗어난 바깥에서 나를 더 무서워한다, 하고
나를 찌를 때 그래 얼마든지…… 얼마든지…… 어제는 주
차장에서 오늘은 병원에서 열두 시간 나는 죽고 잡히고 쫓
기고 꿈밖으로 훌쩍 뛰어나와 물고기와 수평선을 재밌어하
는 아이들의 말을 듣는다 그리고 돌아온다 나의 집으로 송
곳 하나도 들고 돌아올 수 없는 꿈속으로 하지만 여러분 죽
지 않는 여러분 대문 밖에서 해안을 따라 세월을 따라 이십

세기까지 이어지는 줄에서 우정과 사랑을 시작하는 여러분
의 말을 나는 듣는다

하루에 도착하는

그런 장소를 염원해버린 것이다. 문밖에서 기다리는 동안
나는 수십 개의 풍경을 네가 오는 길의 뒤편에 덧대었다. 가
령 네가 태양을 바라보고 있을 때 풍경은 벌써 눈이 쌓이는
밤이었다거나. 우리집 훈연실에서부터 하얀 연기가 피어오
르고 그것은 너의 손등에서 차가운 물기로 녹고 있다.

그런 곳엔 변하지 않는 광경이 있다. 꿈속에서 바다를 보
면 침대 밖으로 뻗은 손이 젖어 있는 광경과 같은 것이. 그
바다로 떨어지는 눈발이 수심을 백색으로 물들이는 광경과
같은 것이. 네 가족이 미워하던 내가 있다. 내가 미워하던
나의 가족이 여기엔 살아 있다. 사진 속에 담긴 우리의 행
진과 같은 것이.

언덕 저편으로 망가진 꽃다발처럼 쏟아지던 새떼가 다시
언덕을 넘어 돌아온다. 생각 없이. 문밖에서 가득찬 술잔 위
에다 한 방울의 기쁨을 더하는 중이었는데, 낮을 향해 풀어
놓은 아이들이 죽은 말을 구경하고 있었다.

말 그대로

사람들은 섣불리 끝을 말하지만 진짜 끝은 말
그대로 나중에 온다 예를 들어 새벽부터 죽도록
일한 사람은 밤이 되어서야 가게 셔터를 내리며
'이제야 끝났군' 하고 속삭인다 뜨거운 정수리 위
시원하게 부는 밤바람, 보석처럼 빛나는 별들……
이것은 아직 행복한 끝도 불행한 끝도 아니다
살아 있는 사람들은 그렇게 끝내는 법이 없다
더 먹고 싶거나 아니면 더 더 침묵하고 싶을 때
뱀과 떡, 가난과 사랑, 나쁜 것, 좋은 것 들이
그렇게 삶의 뜨거운 정수리 위로 끝없이 쏟아짐……
예를 들어 이호선 외선순환 전철의 내 무릎 위
실종아동 전단지의 실종일은 삼십 년 전이었다
의자에 앉아 '내일 일은 정말 알 수가 없군' 하고
속삭이는 사람과 자기 모든 미래를 그저 한 줌의
구겨진 종이처럼 바지 주머니에 넣어버린 사람
모두의 뜨거운 정수리 위로 똑같은 바람과 별이……
이것은 아직 행복한 끝도 불행한 끝도 아니다
남아 있는 사람에 더해 사라진 사람에게까지 말
그대로 셔터를 내리고 삼십 년이 지나고 백 년이
더 지나도 예를 들어 '죽음은 끝이 아니죠……'
같이 진짜 미래 같은 말을, 진짜 끝내주는 말을
해줌… 더 더 좋은 이야기를 죽도록 만들어줌

스노 볼

초저녁 공원에선 가로등 아래 어스름이
삼각뿔 모양으로 회전하는 걸 볼 수 있다

그 입체 도형에 사로잡힌 자는 계속
둥글게 말린 풍경 속을 걷는다

3부
하루에 오십 분씩이나 사랑을 하네

나의 여름 속을 걷는 사람에게

여름으로 오는 길에 너는 죽은 새, 봄의 검은 웅덩이, 깨진 울타리의 조각들, 다음해 봄까지 잠들어 있으려는 자의 조용한 손을 밟으며 왔다. 그렇지만 지겹다! 새든, 봄이든, 울타리 속 꿈이든 다…… 그런 너의 마음은 나만 안다.

여름에서 도망치는 길에 너는 죽은 새를 더욱 뭉갠 일, 깨진 웅덩이와 울타리를 다시 깨뜨린 일, 꿈속의 비명을 꿈 바깥으로 꺼낸 일을 괴로워한다. 살아 있는 사람과 죽은 사람 사이 유령이 있다면 너는 삶과 유령 사이에 있고 싶다. 하지만 그러기에 넌 웃음이 많다……

너무 사랑이 많다. 그렇지만 지겹다! 여름이 풀을 키우고, 풀이 끝없이 퍼지다가 너의 생각을 뒤덮고, 그러다 불붙은 생각이 기쁨이 되었다가 결국 우리의 꿈을 걷잡을 수 없게 만드는 것이, 우리 그릇에 똑같이 밥을 채우는 것이 다…… 그런 너의 마음은 나만 안다.

그렇지만 네가 밟은 것, 밟아서 더 깨뜨린 것, 더 깨뜨려서 흩어진 것, 그런 지겨운 것이 죽은 새, 웅덩이, 부서진 울타리, 뒹구는 손을 덮어준다. 풀과 꿈을 키워준다. 다가올 여름과 지나간 여름 사이 슬픔이 있다면 너는 오늘과 슬픔 사이에 있고 싶다.

하지만 넌 너무 기쁨이 많다. 그런 너의 마음은 나만 안다. ─

기름 짜는 애인에게

내가 서 있는 곳보다 언제나
더 뒤편을 향해 손을 흔드는 그대,
불안의 리본을 단 행복부터
나를 그렇게 먼 곳에 두지 마시라.
—Mary

우리는 공장에서 일하며 더럽고 거대한
무쇠종 밑에 앉아 물과 빵을 삼키네.
우리는 겨우 공장에서 일하는 남자와 여자,
해바라기에서 기름을 짜내는 노동을 한다.

우리는 공장의 점심시간에 시작됐네.
잠시 입을 헹구는 동안 서로의
착유기의 회전손잡이를 대신 돌리면서
하루에 오십 분씩 교제를 했다.

우리는 회전손잡이를 돌리며 키스를 했네.
서로의 콧속에 해바라기유 냄새를 풍기며
우리는 겨우 공장에서 만난 남자와 여자,
하루에 오십 분씩이나 사랑을 한다.

전쟁이 발발하자 해바라기가 귀해졌다.
짐승에서도 콩에서도 기름을 짜야 해,

무쇠종은 더욱 요란해,
서로의 이름을 불러도 알아들을 수가 없다.

우리의 이름은 에이! 외침 같은 소리가
아니라면 도저히 알아들을 수 없어,
아니라면 잠시도 근무를 쉴 수 없어,
아니라면 많은 양을 짜낼 수 없어.

나의 애인은 기름을 짜는 여자,
공장을 그만두면 도시를 떠날 거라 말하네.
이제는 나는 그녀의 작업복 아래로
검은 씨가 달려 있는 젖가슴을 만지기도 한다.

우리는 겨우 점심시간에 시작됐네.
입을 헹구고 에이! 그러면 키스를 한다.
우리는 서로의 입 모양에 유의하면서
하루에 오십 분씩이나 사랑을 하네.

여행시

여행시는 시끄러워
집에 남은 여행시와 여행을 떠난 여행시가 머릿속에서
최고로 조용한 순간에도 싸우게 된다 여행시는
기억에 남지 않는다 살림에도 여행에도 도움이 못 돼
다만 생각 속에, 이제 우리와 상관없는 여행지 숙소의
잠긴 문 뒤에, 싸구려 가구 밑으로 밀어넣고 잊어버린
여행시는 우리와 최고로 상관없는 채로
쓸데없는 순간에 소음을 만들어낸다
멍청하게 입을 벌린 채 어, 어, 하고
운전중에 우리가 몇 초를 날려버리는 동안
그건 안전에도 자유에도 도움이 못 돼 여행시는
고독 앞에서 최고로 시끄러워 여행시는
집밖에 버려지든 여행지에 남겨지든
이런저런 잡념 속에서, 문밖에서 울리는
외판원의 목소리처럼, 비와 추위에 시달리며
여행시에서 최고로 지루한 순간에도
여행시에서 최고로 가난한 순간에도

가루

기후에 대해서라면 어쩔 수가 없다.

가루눈이 날리면 춥고 건조한 날, 이라고 한번 알게 되면

새 애인과의 가루눈이라고 달리 취급받는 일은 없다.

잘 뭉쳐지지 않는다.

그녀의 젖가슴을 꾹꾹 누르고 있으면

겨울 따위는 아무래도 좋다는 기분마저 든다.

난 봄이나 저축 따윈 아무래도 좋아, 그런 기분이 된다.

그럼에도 머릿속 가루눈의 영상은 멈추지 않아

그대로 그 젖가슴과 헤어져 방으로 돌아오면

방안은 연애 감정과는 동떨어진 면학 분위기가 된다.

가루눈; 침묵하는 동안 콧속으로 들이닥치는 작은 얼음
알갱이들.

계속 이런 것을 맞으면 피부가 갈라진다.

조명 아래 드러내지 않는다.

모두는 언젠가 늙어 항문과 건선을 긁으며 죽어가는 나
이가 되고

두 손에서 가루를 털며 삶이 남아서 좋은 것 같다고 말하
게 된다.

그땐 아내에게라도 가루눈 따윈 아무래도 좋다고 말하
게 된다.

폴리에스터

나는 이상한 겉옷을 구입했다
곧 여성을 떠올릴 만큼의 분홍은 아니었으나
그것을 대낮에 입는다면 사람들은 나를
당분간은 분홍색 인간으로 기억할 정도였다
옷에는 또 두꺼운 삼각형 모자가 달려 있었다
……폴리에스터
그러나 양의 등처럼 보이는 옷이었고
더없이 따뜻했다 나의 방에서는 창밖으로
엉겅퀴 꽃의 군락이 겪는 계절을 볼 수 있다
그것은 먹으면 냉증에 효능이 있고 내게는
단지 나의 이상한 겉옷을 떠올리게 한다
영 헤어지게 되었을 때 그 옷의 색깔은
우릴 곤란하게 했다 과연 누구의 소유라고 해야 할지
지금도 나는 그것을 구입한 것은 나라고 믿지만
대낮에 그걸 누가 입었든 사람들은
당분간은 분홍색 인간만을 기억한다
폴리에스터, 그러나 더없이 사실 같은
나의 방에서 볼 수 있는 엉겅퀴 꽃의 계절

베란다를 두다

　네가 작은 베란다가 딸린 서재를 가질 수 있다면 완벽하다
고 할 수 있다. 미세기 식으로 된 두 개의 통유리 문짝을 경
계로 너는 두 개의 공간을 가지게 되는 것이다. 너는 신혼집
에 살고 있다. 너는 신혼집에 살고 있다. 아내가 노크를 하
고 정오의 서재로 들어설 때 너는 베란다에 앉아 담배를 피
운다. 아파트 창밖으로 재를 털며 만일 누군가의 머리 위로
재가 쏟아진다 해도 겸손히 사과할 수 있다고 생각하면서.
굳게 닫힌 베란다 안은 비좁은 빛과 연기로 가득차 있다. 아
내는 담배를 피우지 않으니까 너는 아내가 쉽게 들어올 수
있는 방과, 아내가 선뜻 들어오지 않는 방안의 방을 동시에
가지게 되는 것이다. 너의 아내는 통유리 너머에 서서 입술
을 달싹거린다. 너는 해수면보다 낮은 해안선 위에 서서 올
려다본다. 거대한 방파제와, 그 방파제 위로 치솟은 물거품
과, 그 물거품 속 숱한 물고기의 꼬리들을. 이 장면은 너에
게 한때 가장 슬펐던 책에서 읽은 것인데, 이런 생각의 반짝
이는 연기가 문밖으로 새어나간다면 아내는 기침이 나고 화
도 나서, 너의 물건을 쌓아둔 베란다와 한겨울에도 땀이 흐
르는 베란다 안의 정오를 견딜 수가 없을 것이다.

나는 방을 지키는 사람이다

나는 방을 지키는 사람이다 나를 뺀 내 방의 모든 장소를
주시하면 벽을 타고 자라는 줄무늬는 언젠가 네가 바닥에
벗어놓은 작은 치마에서 보았던 것

우리가 신자라면 아이를 키우는 생활은 어떤가 바람에 날
리는 하얀 빨래를 붙잡으며 이제는 잊힌 죽은 친구에 관한
기도가 생각나는 오후는
어떤가 그때마다 네가 정말 붙들고 싶은 자가 그였다면

내가 펼쳐놓은 이불 속에서 너의 땀냄새가 부풀고 있다
우리가 수습하지 못한 공간이 발끝을 감추고 있으니까 뒤
집어 털어본 신발에서 쏟아진 풍경 속엔 아무것도 날리지
않으니까

나는 나를 뺀 방의 모든 장소를 지키는 사람이다 책상 위
에서 고개를 까딱이는 병정 인형에게 밤의 음란한 표정을
들키는 사람 창밖으로 내민 목덜미 위로 윗집의 더럽고 차
가운 물이 떨어진다면

어떤가 우리 목을 핥아줄 개를 키우는 생활은 발가벗은
망령에 대해 함구하면서 방에 버려진 서로의 몸을 만져주
는 경건한 생활은

참배   —

　이번에도 그런 말을 하며 그는 멋쩍게 웃을 뿐이었는데, ⌐
헤어져 돌아오는 길에서야 실은 그가 전혀 괜찮을 리 없다
는 사실을 나는 깨닫는 것이다

　선잠이 들거나 잔뜩 취하면 '죽고 싶어? 죽고 싶어?'하
며 그는 위협한다 밤의 바다는 그걸 바라보는 자의 머릿속
을 온통 어둠으로 채우지만, 바다를 영 찾지 않는 자에게 밤
바다의 공포란…… 우린 벌써 이별했고 서로에게 더는 조
심할 말도 없는 것이다

　십 년이 지나는 동안에 생각 속에서도 그만큼의 시간이 지
나가고 있었다 내 몸은 그에게도 이십 년이나 오래되었고

　오랜만에 그의 방에 누워서 천장을 바라보았다 내가 있
어야 그는 우울해 보인다 이 시간이면 산책을 마치고 아파
트 단지 초입부터 투덜거리며 돌아올 것이다 왜 요즘은 내
가 무섭지 않느냐고

산림법

삽이 박힐 만한 무른 땅을 찾아 겨울 산을 헤매며, 그래도 죽음이 차례를 지켜주는 건 다행이라고 생각한다. 할아버지는 묻고 아버지는 태웠고 오늘은 고양이를 숨기러 가는데, 마지막엔 항문이 열린다는 수의사의 말이 떠올라 엉덩이에 힘주며 비탈을 올랐다. 할아버지는 멀리 시장에서, 아버지는 옆방에서, 고양이는 나의 품에서 죽었기 때문에 처음엔 그저 희미하던 그 느낌이 내 쪽으로 가까워온다는 생각을 떨칠 수 없었다. 반짝이는 작은 각삽을 어깨에 걸치고 더 은밀한 쪽으로 들어갔다. 한겨울 추위에 떨면서, 산림법 위반을 염려하면서 죽음을 슬퍼하기란 쉽지 않았다. 나는 산비탈 어정쩡한 곳에 구멍을 파기 시작했다. 죽어가던 그들의 뺨이며 어깨를 죽도록 두들기며 큰 소릴 냈던 게 떠올라서 갑자기 무안했다.

피는 이상한 물이다

피는 이상한 물이다. 우리는 손을 잡고 걸었는데
붉은 액체를 부축한 것이고.
쏟아지려는 순간마다 새로운 목을 세우는 것이다.
피는 이상한 물이다. 우리의 그것이 섞이는 일은
우리를 공포에 떨게 만든다.

조와 점원

조는 득남해서 날아갈 것 같다
오늘 그는 세상에서 제일로 행복한 사내
아내와 갓난아이의 따뜻한 냄새가 감도는
가정을 떠올리며 사랑이 넘쳐 이웃에게 눈인사한다
행복한 조는 야채를 좀 사려고 가게로 들어간다
그렇지만 휴일에 일하는 점원은 불행해 그의 가족도
모두 일을 한다 사랑에 빠진 사람은 눈치가 없지
조는 행복에 취해 더 좋은 걸 고르느라
야채를 들었다 놓았다 어쩔 줄을 몰라
그동안 점원은 앉지도 쉬지도 못하지만
조는 오늘 시간이 많아 행복한 혼잣말에 취해
오랫동안 야채를 만진다 점원이 분통 터져
욕을 내뱉자 사랑에 빠져 있던 조 깜짝 놀라서
사랑이 넘치는 기분을 잃고 얼굴이 새빨개지고
혼자 마음속으로, 어쩜 저렇게 천하고 위아래를 몰라?
점원을 때리고 모욕하고 사람들 앞에서 망신 준다
물론 그런 용기는 상상일 뿐 조는 빨개진 얼굴로
계산을 마친다 우리는 조에 대해 잘 몰라
그가 백인인지 흑인인지 얼마나 좋은 직업을 가졌는지
아침으로 무얼 먹었는지도 다만 한 가지 알고 있다
지금 가게를 나서는 조의 마음에서 단 한 점
그 어떤 사랑도 찾을 수 없다는 것을

가정

모래바람이 많은 동네를 좋아할 리는 없다. 하지만 모래
가 날리는 마당에 저녁 식탁을 차리는 장면만은 기억하고
있다. 이런 말도 가능하다. 이 집의 음식엔 사랑과 모래가
절반씩. 혹은 좋은 가정엔 믿음이 필요하다고.

너는 아이를 가지기엔 몸이 약하다. 나는 애를 기르기엔
꿈이 부족하구. 일을 마치고 돌아오는 길이라면 별을 쳐다
보고 싶다. 이런 말도 가능하다. 집에 돌아올 때마다 너라는
똑같은 사람이 나를 반겨주고 있다고.

저녁은 헤어지기 좋은 시간이다. 지치기도 쉬운 시간이
구. 하지만 제 손으로 머리칼을 털며 고갤 숙이고 있는 장
면만은 떠오르게 된다. 이런 말도 가능하다. 내가 매일 현
관으로 쓰러지며 쏟은 별과 모래를 아침마다 네가 예쁘게
비질한다고.

무슨 말이든 가능한 동네를 좋아할 리는 없다. 최고로 슬
픈 말에도 슬픔과 나쁜 생각이 절반씩. 바람을 등지고 앉아
도 모래가 씹히는 입속이다. 반짝이는, 선량한 바람이 무너
져 무덤처럼 쌓이는 곳이구.

멀고 먼 미래

저는 프란치스코회 주일 순례중이었습니다.
다른 부인들과 함께 첫번째 교회에서 두번째 교회로 이동하는 중이었습니다.

그때 길 바깥에 서서 외치는 그를 보았습니다.
'미래를 말해주겠다! 한 가지만 질문하여라!'
무리를 인솔하는 수도사가 인상을 찌푸렸지만

민머리 누더기 건장한 남자 쪽으로 순례 행렬이 무너지고 있었습니다.
모두들 자기 남편과 아들에 대해, 건강과 재산에 대해 한 가지씩 묻기 시작하였습니다.
하지만 농부의 아들은 커서 농부가 되고, 농부의 딸은 다른 농부의 아내가 되고…… 신기한 미래는 하나도 없었습니다.

저는 물을 것이 없었습니다. 곧 신혼이 지날 것이고, 되는대로 힘껏 아이를 낳을 것이고, 지금은 꼭 아버지처럼 무서운 남편과도 너나들이할 날이 올 것입니다. 주일 순례가 어서 끝나야 집으로 돌아가서 화롯불을 살필 수 있을 텐데.

민머리 지팡이 건장한 남자로부터 행렬이 멀어지고 있었습니다.

대답을 들은 부인들은 하나같이 기쁨이 넘쳤습니다.

나는 무엇이 궁금할까? 농부의 아내는 세월이 흘러 늙은
농부의 아내가 되고
낮에는 불씨를 지키며 밤이 되면 다시 그것을 묻어두는 일
이 오십 년은 계속될 것인데?
그러다가 문득 생각이 나서 저는 행렬을 거슬러 달리기
시작합니다.
안정을 되찾은 수도사와 행복한 부인들을 뒤로한 채

민머리 거구 앞에 서서 조용히 물었습니다.
'오백 년이 지나면…… 무언가 달라지나요?'
저는 거의 울 것 같은 표정으로 그가 하는 말을 오랫동안
들었습니다.

우리는 두번째 교회에서 세번째 교회로 이동하는 중입니다.
자기 미래를 알게 되어 조금씩은 더 행복해진 부인들 틈
에서
저 역시 형언하기 힘든 기쁨을 느끼고 있습니다.
교회도 나가지 않고, 남편 없어도 되고,
화롯불을 지키지 않아도 되는 삶이 멀고 먼 미래에 펼쳐
져 있다니요.

4부
십일월 우기에 태어났다는 신에 대해 생각하면서

여자는 미친다

　남자가 여자에게 바라는 건 다음과 같다: 먹으라면 먹고 오라면 오라. 그러면 나의 부와 애정은 모두 네 것이다. 이것이 사랑임을 의심하지 마라. 여자는 원해로 떠나는 그를 배웅할 때도, 혼자 밥 먹고 산책을 위해 낮은 언덕을 오르는 동안에도 그걸 잊지 않으려고 애쓴다. 나는 먹으라면 먹는다. 오라면 간다. 하지만 남자는 점점 더 먼 바다로 일을 떠난다. 집에는 반짝이는 물고기 대신 잔뜩 돈이 쌓이고, 그리고 며칠을, 곧 몇 달을 여자는 혼자 먹거나 언덕을 오르게 된다. '그는 좋은 사람이었어' '그는 무척 키가 컸지' 같은 확신할 수 없는 기억에 시달리게 된다. 이제 전화선을 타고 들려오는 목소리가 있다; 먹으라면 먹고 오라면 오라! 의심은 용서하지 않는다! 바람과 파도, 천둥에 휩싸인, 여전히 젊고 위엄 있는 그의 목소리가 바라는 것. 아이들이 자라서 모두 도시로 떠나고 그녀에겐 더이상 오를 언덕조차 남아 있지 않은 뒤에도 머릿속을 울리는 그것. 먹어라. 나를 의심하지 마라. 그러면 너는 그곳에서 영원히 살 수 있다. 여자는 먹는다. 여자는 영원히 할 수 있다.

집은 그럴 수 있다

강도는 대문을 힐끔거린다.
좀도둑은 아무리 높은 담도 넘본다.
취해서 화가 난 아버지가 현관을 찬다.
자매는 싸우고 형제는 시끄러워
집은 어머니의 감옥이기도 하다.
방에 수많은 별을 붙여도 마찬가지.
낮아지는 천장, 좁아지는 내벽
그리고 가족의 사랑,
그리고 너무나 가깝고 거추장스러운 시간.
그러니까 강도가 오가고, 도둑이 담을 넘보고,
아버지가 문을 차고, 집은 어머니의 감옥, 별은
조악한 별들은 너무나 가깝고 거추장스러운 빛,
그리고 우연히 누군가는 행복한 집에 산다.
누군가에게는 충분한 돈이 있다.
누군가에게는 차마 버리기 어려운 꿈이 있다.
누군가는 집에서 누리는 하찮은 기쁨으로 충만해진다.
그리고 우연히 당신에게는 어떤 집이 있다.
도적과 한파를, 생각의 무섭고 요란한 바깥을
지금껏 막아준 집으로 돌아간다. 어떤 당신을
강도로, 좀도둑으로, 지긋지긋한 아버지로, 갇힌
남매와 어머니로, 어떤 꿈을 너무나 가깝고 거추장스러운
가짜 빛으로 만들지 않는 집으로
당신이 간다. 당신은 그럴 수 있다.

상상

　누구에게도 위협적일 필요가 없었는데도 우연히
　지나치게 크게 태어난 한 여자를 상상해보자.
　누군가 교회에 가라고 말하면 종종 교회에 나가곤 했다고
상상해보자. 그때마다 그녀에게 중요한 건 외투가 분홍인가
소라색인가와 같은 복식이었다고.
　맨 앞에 앉기엔 너무나 컸다고 또 너무나 하얘서 더욱 그
렇게 보였다고 상상해보자.
　'신앙심에 비하면 행실이 좋지 못해.'
　'정말 우리 모두의 걱정거리로군.'
　물론 커다란 등에 가려진 게 교회의 신성함 같은 것일 린
없다고 상상해보자.
　뒷사람들이 그녀 때문에 정말 예배를 방해받았다고
　그녀의 바람은 지금보다 이 세계가 훨씬 더 커지는 것이
었다고 상상해보자.
　정말 그런 식이었다고 생각해보자. 교회도 사랑도 그녀
에게는
　점점 불가능해지고 있었다고 하루는 바람이 들풀을 꺾었고
　다음날은 그녀의 키가 조금 더 자라던 평범한 날들이었다
고 상상해보자.
　그리고 느리고 육중한 그녀가 계단에서 밀려 떨어져 두 무
릎이 완전히 꺾였다고 상상해보자. 그뒤는
　모르겠다. 어쩔 수 없이 상상해보자,
　어쨌든 작아져버린 그녀는 죽어가고 있었는데

그건 고통 때문도 아니고 신앙이나 연애 때문도 아니라고.

쓸데없이 크기만 했던 그녀가 실은 컸기 때문에 진실로 행복했고 이제는 자기를 소중히 대하는 자들의 눈빛으로 불행하다고.

그렇게 생각하는 게 가능하겠냐고.

어떤

어떤 사람에겐 나무가 꼭 필요해. 잘 살기 위해서. 흔들리는 나뭇잎을 보며 그 소리를 듣는 일이. 어떤 사람에겐 남의 행복이, 또 남의 고통이 필요해. 어떤 가치 없고 무고한 타인의 죽음이 필요하고. 흔들리는 나무 밑에서 그런 비극을 떠올리며 어쨌든 좀 슬픈 것 같은 순간이 필요해. '어떤 사람은 그냥 걷다가도 죽는대. 사랑하다 죽고. 사랑을 나누다가 기쁨이 넘쳐서 죽고. 산에서 죽고. 바다를 건너다 죽는대.' 어떤 사람에겐 행복이 필요해. 꼭 나무를 보듯 불행이 필요하고. 어쨌든 어떤 믿음, 소망, 관용, 이런저런 이야기가 필요해. 그 이야기에 등장하는 자신, 옆 사람, 어떤 사람, 그것도 아니면 크든 작든 사람을 닮은 그 무엇의 기쁨과 슬픔이. 우리에겐 우리와 비슷한 형상에 대한 사랑이 필요해. 어떤 나쁜 마음이라도. 잘 살기 위해서. 조각난 팔과 다리, 터지고 일그러진 얼굴에 대한 말이 꼭 필요해.

올라가는 남자

처음에 너는 겨우 구령대 위에서 설렜을 것이다. 운동장에서 불어오는 모래바람이 얼굴에 들이치는 동안에도 이상하리만치 선명한 아이들의 살빛, 검은색 동계 체육복을 장식한 백색 줄무늬들, 조금씩 우울해 보이는 하교생들의 표정…… 한때 너는 아크릴을 오려 만든 작은 사람들을 연인에게 선물하곤 했다.

학생 서넛이 다리를 절뚝이며 계단을 내려가는 동안 너는 4층을 향해 올라간다. 눈을 비비면서. 복도 끝에서 끝으로 쫓고 쫓기는 애들의 장난이 오후의 낮은 조도 탓이었는지 귀신놀이처럼 보인다. 웃음과 비명이 반씩 섞여 타일을 울릴 때 너는 너의 행복한 생각이 꼬리를 물기에는 이곳이 너무 붐빈다고 생각한다.

이제 너는 옥상으로 올라간다. 고개가 푹 꺾인 아이 하나가 거기는 당신이 올라갈 곳이 아니라고 퉁명스럽게 말할 때. 옥상 위에 서서 너는 서로의 머리를 뜯는 싸움과 학생들의 깨진 얼굴을 귀엽게 여긴다. 이상하리만치 사랑스러운 아이들아, 모래바람에 날리는 작은 사람들아……

너는 펜스 위로 올라간다. 너는 물탱크와 풍향기 위로 올라간다. 이제 너의 눈앞은 그런 어떤 사랑에 관한 생각으로 뒤덮일 것이다. 너는 슬픈 생각으로만 슬퍼질 것이다. 바위가 모래로 풍화되고, 구름이 물컵에 담기고, 짧은 입맞춤이 피뢰침에 꽂히기까지의 긴 시간을 너는 두 주먹에 움켜쥐고서.

마가목

　가을 동안 마가목 열매를 충분히 모았다면 십일월엔 술을 담글 수 있다. 유리병에 넣고 석 달을 빛이 들지 않는 곳에 두었다. 한겨울은 내내 흔들려서 아름다운 백색의 풍경일 테고, 십일월 같은 건 얼른 지나가버렸으면, 하고 바라게 된다. 광경과 마음을 잘 구별하지 못하게 된다. 발로 나무를 차던 시절이 머릿속에서 하루씩 더 단단해지고, 어두운 유리병이 조금씩 더 붉어지고, 마가목의 날카로운 잎은 잘 말려서 차를 끓이기도 한다. 열매와 함께 떨어진 잎이 숙면에 도움이 된다. 물에 가라앉아 있는 십일월을 보내게 된다.

십일월

    십일월은 내년을 기대하기에도 한 해를 돌아보기에도 좀 이르다. 자동차 정비를 핑계로 부모에게 꾼 돈으로 아이를 지우거나 그런 일을 겪고 내가 개종을 해도 지인들은, 십일월은 참 조용한 달이야, 하고 낮게 중얼거리고는 차를 따뜻하게 끓이기 시작할 만큼 날씨가 제법 쌀쌀해지는 것이다. 할아버지가 죽었다는 전화를 받았을 때 나는 애인과 모텔 전기장판 위에 나란히 누워 있었다. 아버지를 잃게 된 어머니의 나이를 생각하면서. 십일월 우기에 태어났다는 신에 대해 생각하면서.

이것은 새로운 세계

이것은 새로운 세계 채집통 속 죽도록 날뛰는 곤충을 보며 꼬마는 주인이 된 것 같은 기분 아무도 가르치지 않았는데 영혼은 있다고 믿으면 있는 것이고 없다고 믿으면 어디에도 없는 세계 커서 실컷 사랑을 했다 아무것도 달라지는 건 없지만 가끔 어떤 쪽은 구원받고 어떤 쪽은 큰일을 당한다 짐승은 괜찮고 인간은 안 되고 태아에 대해선 논란이 있는 세계 뭐든 먹자고 하면 먹는 것이고 어떻게 그럴 수 있냐고 하면 깜짝 놀란다 남녀가 자식을 낳고 시인이 상상의 날개를 펴고 하지만 사람은 제자리에 사람의 사후 나무의 사후 나뭇잎 팔 머리 모양의 돌 그저 건강하게 자라라는 유언을 남긴 부모가 가르치지 못한 것 자동차가 하늘을 날고 돼지와 양이 섞이는 세계 속 죽도록 날뛰는 영혼 있다고 믿으면 있는 것이고 안 믿으면 사라진다 아무것도 달라지는 건 없지만 어떤 미래는 구원받고 어떤 미래는 큰일을 당한다 하지만 보고 먹고 사랑하고 믿거나 믿지 않고 그렇게 사람은, 사람은 제자리에 있다

구애

내 영혼은 아내를 원하네. 바다를 건너고 언덕을 몇 개나 넘고 나서야, 아무리 달려도 교목 하나 볼 수 없는 벌판이 세워둔 그녀를 만나네. 노래가 풀을 흔들고, 흔들리는 풀이 다시 사람을 춤추게 하고, 춤이 열흘은 모여야 겨우 멀리 숲 쪽으로 향하는 희미한 바람을 만든다네.

나의 아내는 침대를 원하네. 이 숲은 아름답지만 우리의 마음엔 어울리지 않아요. 바람이 숲을 만들고 숲이 수많은 침대를 만드네. 남은 숲은 불타고 있네. 너는 오직 불타거나 끝없는 잠이 되어라, 그대로는 우리의 초원에 어울리지 않는다.

그녀의 침대는 밤을 원하네. 울거나 말거나 배를 떠우거나 말거나. 소용없는 깜깜한 것으로 전부를 가리길 원하네. 바다를 건너고 언덕을 몇 개나 넘고 나의 구애가 남은 숲에 불을 지르는 동안, 더 높이, 아주 우주로 올라가서 이곳의 어둠을 내려다보렴!

그러면 밤은 몸을 구하네. 멍청하게 벌어진 입속으로 천천히 흘러들어가는 밤의 깜깜함이 모래시계처럼 뒤집히기까지. 춤은 배를 불태우고 돌아갈 길을 영 엉망으로 만드네. 복중을 재와 희망으로 반씩 채운 몸이여, 이제 영혼에 대해 말하거라. 아니면 한번 떠오른 뒤엔 돌이킬 수 없는 생각에 대해.

그런 집을 원한다

그런 집을 원한다
문패에는 운이 좋은 우리 네 사람의 이름을 넣고
어제는 호색한이 오늘은 도박꾼이 문단속을 하는 집 내일은
좀도둑인 내가 한낮에 잠든 술꾼의 이불을 끌어올린다
하지만 밤이 되면 또 마루에 모여 우리는 서로의 잔을 채워준다
아무도 죽지 않고 우리는 아무도
죽이지 않아서 얼마나 다행인지 나와 호색한의 실패담이
도박꾼의 멀쩡한 손모가지가 얼마나 큰 행운인지
술꾼의 끊이지 않는 더러운 기침도 별일은 아닌 것이다
비만한 호색한은 새벽에 흉통을 앓는다
도박꾼의 자랑인 고운 오른손은 파랗게 부풀고 있다
좀도둑인 나는 기면증 때문에 시간을 빼앗기는 기분이다
어제는 살찐 가슴을 오늘은 파란 손을 만지다 잠이 들고
내일은 컹컹거리는 기침 소리가 나를 깨울 것이다
하지만 밤이 되면 또 우리는 서로의 멱살을 잡고 흔든다
문패에 누구 이름을 맨 처음 적어야 했는지
이사 온 옆집 하얀 처녀가 들고 온 검은 떡을 누가 다 삼켰는지
하지만 젊은 축인 호색한과 도박꾼이 문단속을 하면
그다음 날엔 술꾼과 내가 문단속을 한다 네 사람의
남은 행운이 도둑맞는 일은 없어야 하니까 그런 집을 원

한다
　새벽의 앓는 소리와 그 새벽만큼 새파란 손으로 밤을 새는
　술과 기침이 잠을 쫓고 볼품없는 물건이 꿈보다 귀한 집
　매일 실패하는 네 사람은 또 마루에 모이고 대낮보다 시
끄러운
　한밤의 가가대소에 깜깜한 공포가 들지 않는 집

그렇다고 치자

네가 사랑하는 사람이 사진 속에 있다고 치자 그가 지금
도 시위대의 맨 앞에서 걷고 있다고 치자 난 병에 걸리지 않
았다! 집에는 내 사진을 보며 나를 힘껏 응원하는 사람이 있
다! 소리친다고 치자 그런 식으로 너를 생각하고 있다고 치
자 돈벌이와 투쟁에 무능한 너 그를 죽도록 사랑하는 능력
만이 그토록 탁월해 너는 매일 티브이 뉴스에서 그의 모습
을 찾는다 너는 혼자서 오가야 하는 깜깜한 골목을 참는다
그가 시위대의 맨 앞에서 계속 전진할 수 있도록 너는 궁색
한 생활을 참는다 너는 너의 병증과 무능을 참고 어느 날 그
가 돌아오긴 왔는데

도저히 알아볼 수 없는 얼굴로 대문을 여는 악몽을 참는
다 너와 점점 멀어지는 그 사람의 전진, 그럼에도 숭고하고
유능한 그가 어쨌든 너와 이어져 있다는 점, 그럼에도 창밖
으로 멀리 보이는 아름다운 도시와 밤, 지금도 그를 기억하
는 이웃에게 아침마다 인사받기 그렇게 네가 사랑하는 사
람이 있다고 치자 잠들기 전 벽을 향해 돌아누우며 '내일도
오늘처럼 할 수 있어' 속삭인다고 치자 너는 매일 사진 속에
서, 생각 속에서 그와 시위대와 함께 걷는다 소리치며 멀어
지는 슬픔과 기쁨에 무능한 너 그를 죽도록 기다리는 능력
만이 그토록 탁월한 너

미래의 책

나는 『노스바스의 추억』 사본을 찾기 위해서
거리로 나갔고 여자가 앉아 있는 것을 보았다
세번째로 그곳에 나가서 여자의 등뒤에 서서
그녀가 펼쳐놓은 책의 같은 곳을 세번째 훔쳐보았을 때
우리가 세 번쯤 만났나요,
여자가 물었을 때가 오후였으니까
사람들은 벌써 집으로 걷고 있었다
나의 여러 차례 방문에도 그녀는 차가운
도로 경계석에 앉아 흔들리는 채광(採光)을 구경하고 있
었다
바닥으로 은행들이 떨어졌지만
그것들이 다시 나무로 자라는 일은 없었다
읽어도 이해하기엔 어려운 내용들이 일방통행로를
걷는 우리의 발바닥을 살찌게 하는 계절이 여러 번 지났다
네번째로 거리에 와보았을 때
사본에 관한 생각은 나지 않았다
오후였으니까 나도 집으로 걷고 있었는데
같은 곳을 네번째 읽으려고 여자는 앉아 있었다
그녀는 퉁퉁 부은 맨발을 꺼내놓고 투명해져서
그녀 너머로 보이는 경치를 반짝이게 만들었다
무릎 위에 책을 펼치고 한손으로는
은행나무를 밀어 흔들고 있었다

영혼

교묘한 것이라면 무엇이든 좋다
시체에는 없는 그것
공포에 무심한 왕과 거나해진 망종(亡種)에게는
쓸모없는 그것, 폭소로 가려진, 조용한,
휘장을 향해 걸어가며 빛이 그것을 흔든다고 믿게 된다
신적인 분위기와 고양된 희생을 가능케 하는 그것
효수된, 장난감 같은 두상 안에 그것이
분명히 있었다고, 있어야 한다고
거울 앞에 서서 확신에 찬 연설을 연습하게 된다 아니라
면 혼자 화장실에 앉아
음성이 제 머릿속을 울린다고, 사랑받고 있다고 믿게 된다
연주를 그친 고적대, 불모의 돌밭에서 파낸, 반짝이는 차
돌을 장막으로 덮어두기, 반사와 음향, 그것이 살아 있다고
여긴다면

교묘한 생각이다

십일월의 이야기
─듣는 눈과 말하는 귀

조강석(문학평론가)

—

1.

모든 실정적 규정들을 무화시키면서 기술적(descriptive)
으로 장르의 몸을 바꾸어가는 변신이 있다. 다른 말로 하자
면, 의도하지 않아도 결과적으로 비가역적 변화를 이끄는
태연한 실천들이 있다는 것이다. 김상혁의 새 시집이 그렇
다. 감정의 자발적 유출이기는커녕 자발적 유출이 어떤 상
황에서 어떤 방식으로 이루어지는지를 관찰하고, 대상을 주
관적 경험의 영역으로 끌어오면서 변형시키기는커녕 대상
의 전경과 후경 그리고 내력을 구성하고, 이미 한번 마음속
에 울렸던 정조(情調)에 다시금 귀를 기울여 그것을 독자의
마음속으로 인계하는 대신 정황과 사건을 창조하고 판단을
인계하는 시가 어딘가에서 시작되고 있다.

(1)
남자는 성실한 노예라네. 주인의 땅에서 목화와 옥수수
를 키운다네. 목화는 주인을 부자로 만들고 옥수수는 가
축과 남자를 매년 살찌우지.

　　　　　　　　　　　　　　　—「인간의 유산」 부분

(2)
조는 득남해서 날아갈 것 같다
오늘 그는 세상에서 제일로 행복한 사내

088

아내와 갓난아이의 따뜻한 냄새가 감도는
가정을 떠올리며 사랑이 넘쳐 이웃에게 눈인사한다
—「조와 점원」 부분

(3)
한 사람이 떠났을 때 나는 어렸다. 그는 "북쪽으로 가면
19세기가 있다"고 말했고, 그때는 나를 사랑해주는 사람
이 넷이나 더 있어서 옛날얘기 같은 건 신경쓰지 않았다.
두번째 사람이 떠나며 "북쪽에서 태양과 이별하고 오겠
다"고 했을 때 나는 빛나는 나이였다. 나머지 셋과 같이 행
복해서 그의 북쪽이 사랑이든 겨울이든 상관하지 않았다.
—「빈손」 부분

김상혁의 새 시집을 읽는 데 있어 무용한 것이 하나 있다
면 서정적 목소리의 주인공으로서 '나'를 지목하거나 혹은
그것의 배역을 지시하고자 하는 의지일 것이다. 이 시집은
'그와 그녀의 사정'이라고 할 만한 것들로 가득차 있다. 위
에 인용된 대목들은 그 단적인 예에 불과할 뿐이다.
인용된 것은 각각의 시의 도입부이다. 우리는 이 도입부
를 통해 주인의 땅에서 목화와 옥수수를 키우는 성실한 남
자의 삶에 발생할 기승전결을, 이제 막 득남을 한 조의 하
루를, 다섯의 사랑 중 하나씩을 떠나보내는 이의 사연에서
조금씩 드러나는 '북쪽'의 사정을 예감한다. 말하자면 이

작품들의 도입부는 우리에게 누군가가 이미 겪은 일들을 다시 재연하고 그와 관련된 정서를 환기시키고자 하는 목소리를 떠올리게 하기보다는 직접적으로 어떤 세계로의 초대를 감행하고 있다고 하겠다. 시에서 조성된 극적 세계라고 해도 좋고 아니면 현실의 지시대상과는 다른 논리로 성립되는 일종의 내적 실재로의 초대라고 해도 좋을 것이다. 이것이 일종의 초대인 까닭은 다음과 같은 표현들에 적시되어 있다.

(1)
누구에게도 위협적일 필요가 없었는데도 우연히
지나치게 크게 태어난 한 여자를 **상상해보자**.
누군가 교회에 가라고 말하면 종종 교회에 나가곤 했다고 상상해보자. 그때마다 그녀에게 중요한 건 외투가 분홍인가 소라색인가와 같은 복식이었다고.
　　　　　　　　　　　　　　　　　—「상상」 부분

(2)
네가 사랑하는 사람이 사진 속에 있다고 치자 그가 지금도 시위대의 맨 앞에서 걷고 있다고 **치자**
　　　　　　　　　　　　　　—「그렇다고 치자」 부분

앞서 인용한 세 편의 작품이 예고 없이 이미 우리를 시의 내적 실재 속으로 들여놓는다면 여기 인용된 작품들은 우리를 내적 실재로의 문 앞에 서게 하는 것으로부터 시작된다. 요는 문이 있느냐 없느냐가 아니라 우리가 이런 방식으로 어떤 세계들 속으로 불현듯 발을 딛게 된다는 것이다. 그것이 의미하는 바가 무엇일까? 아마도 다음과 같은 작품들을 통해 두 가지 중요한 계기에 대해 설명해야 할 것이다.

2.

(1)

물론 이런 이야기는 끝이 없다네. 여자와 개가 도망치지 않는다면. 모든 마지막이 그렇듯, 모든 것과 함께 성과 집이 불타버리지 않는다면. 그리고 오랜 시간이 흐른다. 돌 하나도 돌 위에 남지 않고 무너져버린 아주 오랜 시간

주인도 노예도 다 죽었고, 죽은 뒤에 무엇이 있는지는 아무도 모르지. 다만 이야기가 남았네. 책 속에, 영화 속에, 머릿속에. 끝까지 나름 행복했던 남자의 이야기와, 양배추와 개를 소중히 키웠던 여자의 이야기가 매년 우리를 살찌우지.

　　　　　　　　　　　　　　　　　　—「인간의 유산」 부분

(2)

　나는 듣는다 열두 번씩 열두 번이라도 그것이 사람의 말
이라면 그것이 어떤 말이든 검은 강물에 띄운 배 위에 서
서 나는 듣는다 (중략) 해안을 따라 세월을 따라 이십 세
기까지 이어지는 줄에서 우정과 사랑을 시작하는 여러분
의 말을 나는 듣는다
　　　　　　　　　　　　　　　　　　　　—「조디악」 부분

　여기 '세상의 모든' 이야기를 듣는 어떤 눈이 하나 있다.
우리는 누군가가 시를 '엿듣는 발화'로 규정하고자 했던 일
을 알고 있다. 그런가 하면 또 누군가는 시를 담론들이 교
차하는 현장(site)에서 발생하는 주체의 목소리들로 환원하
려 했던 것도 알고 있다. 그러나 여기에 있는 것은 듣는 눈
과 말하는 귀다. 전통적으로 서정시에서 세계가 서정적 자
아나 시적 화자의 내면에서 발생하는 정서의 질료로 온전히
환원될 수 있다고 여겨져왔음을 우리는 알고 있다. 그러나
듣는 눈과 말하는 귀에는 환원의 기능이 없다. 그리고 환원
이 없으면 축소나 과장이 없다. 듣고 말하는 것 자체가 규모
와 전말이 일정한 스스로의 목적에 부합하는 행위일 따름이
다. 그리고 그런 맥락에서 볼 때, 이 시집에서 이런 사정을
가장 잘 형용하는 것은 아마도 '이야기'라는 말일 것이다.

　나는 이야기 속에서 사랑한다. 좋았다고 말하거나 좋은

것에 관해 말하거나. 나는 이야기 속에서 시작한다. 어제 꿈이 그랬다, 오늘 예감이 이랬다, 머릿속에서 우리에게 허다한 행운이 따랐다. 쏟아지는 이야기의 기쁨이 여름의 나무를 높였다, 겨울의 새를 낮추었다, 겨우 언덕을 오른 우리에게 하늘이 좁아지고 있었다. 겨우 숲으로 도망치는 것으로 한 이야기가 끝나갈 때. 참을 수 있다고 말하거나 참을 수 있는 것에 관해 말하거나. 다시 이야기 속에서 시작한다. 꿈이 예감을 이끌었다, 웃음이 숲을 흔들었다, 납작해진 언덕에서 돌아오는 동안 우리는 허다한 행복을 겪었다. 모두 한 번에 쏟아진 시간이었다. 잎사귀가 공중을 덮었다. 새가 울타리 안쪽을 걸었다. 이야기 속에서 이야기의 기쁨이 넘치고 있었다.

　　　　　　　　　　　　　—「나는 이야기 속에서」 전문

"나는 이야기 속에서 시작한다"와 "쏟아지는 이야기의 기쁨"이라는 대목에 각별한 관심을 기울일 필요가 있겠다. "이야기의 기쁨"은 물론 기쁜 이야기가 아니다. 그것은 소재나 대상과 관계된 것이라기보다는 이야기라는 형식 자체와 관계된 것이다. 이 기쁨은 종종 세계를 주관에 의해 협소화시키는 정서변환장치를 소거했을 때 시가 자신의 내부에 내적 실재를 현상하는 과정 자체에서 발생하는 것일 게다. 세계가 감정의 근원이 되는 것이 아니라 시 속에서 독립한다. 모든 사물과 사건과 사태는 이야기를 품고 있다. 이제 그것

은 정서적으로 매개될 필요가 없다. "철로는 말한다"(「철로
는 말한다」)라는 문장이 명료하게 우리의 눈과 귀에 들어오
는 까닭이 바로 그것이다. 기쁨은 매개를 버리자 세계가 불
현듯 전체로서 육박해오면서 생기는 생생함과 풍부함에서
오는 것이고 불안은, 그럼에도 불구하고 성대(聲帶)와 시계
(視界)가 없는 시는 없다는 유서 깊은 시적 자의식 속에 상
존한다. 아마도 이 기쁨과 불안이 이 시집의 내적 실재를 '기
쁨의 왕'과 '슬픔의 왕'이 주관하는 세계로 발견하게 하는 두
축이 될 것이다. 다시 한번 말하건대, 그것은 세계를 기쁨과
슬픔의 정서로 변환해서 출사하는 것과는 다른 방식으로 우
리에게 도달한다.

3.

　기쁜 남자가 가족을 위해 매년 울타리를 칠하였다, 기쁜
아내가 기쁜 아이를 낳았다, 그들의 행운이 이웃을 웃게
만들었다, 그렇대도 이불을 뒤집어쓴 각자의 행복한 꿈속
으로는 아무도 들어오지 못하는 것이다.

　열매가 쏟아지는 미래, 정성스럽게 채색된 추억, 잠든
이들이 기쁨에 사로잡히는 어둡고 안전한 시간. 거기서 깨
어나지 않는 사람은 없다. 깨지지 않는 기쁨 같은 건 없다.

그렇대도 기쁜 영혼이 돌아올 수 있는 기쁜 생활 같은
건 있었으면 좋겠다. 부모가 가방에 챙겨준 물건들이 하
나둘 망가지는 동안 기쁜 아이는 자라 많은 아이들이 되
었다. 그들이 끝없이 퍼져 바다 건너까지 닿았다. 거기서
는 기쁜 나무를 심었으면 좋겠다.

　그것은 그곳의 기쁨이다.
　먹는 기쁨, 보는 기쁨, 옛날 사람을 떠올리는 기쁨.
　죽은 사람의 기쁨 같은 건 없다.
　그렇대도 기쁜 영혼이 돌아올 수 있는 기쁜 생각 같은
건 있었으면 좋겠다. 기쁜 생각으로 바라보는 기쁜 물결
이 있었으면 좋겠다.

　　　　　　　　　　　　　　　—「기쁨의 왕」 부분

기쁨 자체의 인격은 없다. 그러나 이 시집의 내적 실재 속
에서 기쁨은 알레고리적 인격화에서와는 다른 방식으로 세
계의 '통치'를 도모한다. 기쁨의 왕이란 기쁨을 인격화한 것
이 아니라 모든 사태를 기쁘게 바라볼 수 있는 상태의 왕이
다. "기쁜 생각 같은 건 있었으면 좋겠다. 기쁜 생각으로 바
라보는 기쁜 물결이 있었으면 좋겠다"는 말이 의미하는 바
는 정확히 그런 것이다. 이때 상태라는 말은 이 시집에서 각
별히 중요한 것인데 그 까닭은 다음과 같은 시를 함께 참조

하면 설명될 수 있을 것이다.

나는 나보다 슬픈 사람을 다섯이나 알고 있습니다 그중
에는 몽유병자, 주정꾼, 어린 자식을 둘이나 잃은 부인도
있어요 나는 그들을 다 병원에서 봤습니다

잠결에 자신을 찔렀고, 취해서 애인을 때렸고, 아이들이
바다에서 끝내 돌아오지 못했다네요 너는 어떻게 되었니?
너도 우리만큼 슬프니? 나에게 질문하였습니다

하나같이 슬픔의 왕들이에요 나에게도 병원이 필요하
지만 나 같은 게 병원에 와도 되는 걸까, 이런 슬픔에도
치료가 필요할까, 동그랗게 둘러앉았는데 나는 고개도 못
들고

자식처럼 키우던 고양이를 베란다 밖으로 던진 얘기, 잘
린 손이 아파서 잠을 못 잔다는 얘기, 병든 엄마가 지겨워
목을 조른 적이 있다는 얘기를 조용히 듣고 있었습니다

그중에는 우울증, 발모벽, 공황장애, 자기 집에 두 번이
나 불을 지른 청년도 있어요 나는 그들을 다 병원에서 봤습
니다 이야길 들어주는 의사도 나보다는 슬픈 사람이라서

그는 어릴 적 다섯 번 자해했고 말하자면 이건 좋은 여
섯번째 삶이라네요 나는 그렇게 슬픈 사람을 여섯이나 알
고 있습니다 타인을 잃고, 자기를 잃고, 결국 자기 생각까
지 망가뜨렸다가

병원에 와서 자기 생각을 찾고, 자기를 찾고, 결국 타인
마저 고양시키는 그들은 하나같이 슬픔의 왕들이에요 되
게 망쳐버린 부분이 있고 꼭 되찾고 싶은 생활이 있습니다
—「슬픔의 왕」 부분

앞서 성대와 시계를 이야기한 바 있다. 듣는 눈과 말하는
귀의 성대와 시계는 기쁨과 슬픔에 의해 정동된다. 베네딕
트 스피노자의 말마따나 우리가 끊임없이 계속되는 신체 변
용에 따라 기쁨과 슬픔의 정서 사이에서 쉼 없이 진동하는
감정의 자동기계라면 삶은, 삶의 의지는 흐름 위에 보금자
리 치고 싶은 열망의 성패를 거듭하는 운동의 봉신(封臣)
일 따름이다. 어쩌면 이 시집의 중요한 비밀이 여기에 있을
것이다. 인용된 「슬픔의 왕」의 마지막 부분은 다음과 같다.

너무 슬플 땐 무서운 게 없더라네요 아무래도 내겐 공
포를 지나칠 수 있는 슬픔 같은 건 없으니까, 내가 무언
가를 말해도 되는 걸까, 나의 멀쩡한 집과 가족을 어떻게
설명할까

의사가 미소 짓습니다 괜찮으니 이제는 제 이야기를 해
보라네요 그냥 슬픔의 다음 차례를 기다리는 중인데, 이
야기 속에서 나는 얼마든지 기뻐할 수 있는데요

슬픔의 비교 우위를 논하는 이의 몸은 슬픔이다. 기쁨과
슬픔 사이에서 쉴새없이 진동하면서 한 상태를 점하고자 필
사적으로—혹은 필생—손발을 놀리는 것이 삶이라면 삶은
상태의 집짓기다. "후회하는 자가 아니라,/ 영영 후회하는
상태에 사로잡힌 삶", "이별하는 자가 아니라,/ 영영 이별
하는 상태에 사로잡힌 삶"(「여왕님의 애인은 누구인가」)만
있는 것이 아니다. 이런 사유 속에서라면, 기쁨과 슬픔 사이
의 상태들의 연속이 삶인 것이다. 그리고 그런 맥락에서 우
리는 '이야기'의 목적을 이해한다. 위에 인용된 시의 종결부
를 다시 옮겨보자.

괜찮으니 이제는 제 이야기를 해보라네요 그냥 슬픔의
다음 차례를 기다리는 중인데, 이야기 속에서 나는 얼마
든지 기뻐할 수 있는데요

이야기는 지연의 형식이다, 셰에라자드에게 꼭 그러했던
것처럼. 그것은 죽음을 지연시키고 자꾸만 슬픔을 비교하는
이의 소멸을 지연시킨다. 바로 그런 맥락에서, 이 시집에 갈

은 제목으로 두 번 등장하는 '십일월' 역시 지연의 형식과
밀접한 관련을 지닌다.

(1)
　　나는 자네 그림이 감춘 것에 대해서라면 정말 모르는 게
없었지 붉은 내 얼굴 뒤에서 비가 온다거나 검은 풀밭 속
에 눈이 휘몰아치는 식이었다네 **왜 세계의 윤곽을 그리
는 일은 색으로 세계를 뭉개는 일보다는 항상 덜 슬픈가**

　　요즘 다른 화가 앞에서 옷을 벗으며 나는 십일월만을
그리던 자네가 실은 그 누구보다 더 십일월에 몸서리쳤
다는 사실을 깨닫네 하지만 무슨 차이가 있겠나 마음이
붉은색이든 검은색이든 사람이 떠나면 한낱 꿈속의 달리
기 같은 것을

　　　　　　　　　　　　　　　　　　　　　—「십일월」 부분

(2)
　　십일월은 내년을 기대하기에도 한 해를 돌아보기에도
좀 이르다. 자동차 정비를 핑계로 부모에게 꾼 돈으로 아
이를 지우거나 그런 일을 겪고 내가 개종을 해도 지인들
은, 십일월은 참 조용한 달이야, 하고 낮게 중얼거리고는
차를 따뜻하게 끓이기 시작할 만큼 날씨가 제법 쌀쌀해지
는 것이다. 할아버지가 죽었다는 전화를 받았을 때 나는

애인과 모텔 전기장판 위에 나란히 누워 있었다. 아버지
를 잃게 된 어머니의 나이를 생각하면서. 십일월 우기에
태어났다는 신에 대해 생각하면서.

—「십일월」 전문

세계의 윤곽을 그리는 일이 세계를 뭉개는 일보다 덜 슬
픈 까닭은 그것이, 세계를 정서로 변환하는 매개를 소거하
고 분별지에 의해 진행되는 작업이기 때문이다. 그렇더라
도 어쩌자고 세계를, 경험을, 행동을 슬픔의 비교 우위로
계량하는가? 십일월만을 그리기를 고집하는 것은 끝에 가
까우나 아직은 끝을 밀고 가는 시간에 붙들린 이의 내면
과 관계 깊다. 그것이 이야기와 지연의 목적이 아니겠는
가? 십일월과 '이야기'는 다른 범주이되 위상을 달리하지
않고 자재로이 상호 변환될 수 있는 어떤 소망의 다른 형
식들이다.

4.

내가 생각하는 새는 얼굴을 가져야 해서
바위에 부리를 깨뜨리고 새로운 그것을 구하지 않는다
내가 생각하는 새는 크고 날지 않는다
들판을 질주하고 내가 사랑하지 못하는

고인(故人)과 여자들을 친구라 부른다
나뭇가지에 앉아서 풍조를 즐길 바에야
줄기를 붙들고 세게 흔든다 사람처럼 울면서
내가 생각하는 새는 그런 사람처럼 굴지만
나의 생각에게 또다른 한 명을 요구하지 않는다
재회를 염두에 두지 않는다
오후 마을로부터 피어오르는 홍연에 입을 찍으며
사람의 행복이란 붉은색 입술로
행복에 대해 말하려는 자에게 입맞추는 것이라 여긴다
내가 생각하는 새는 그 생각 속에서 다만
목수가 되려는 꿈을 갖는다 울음으로 흔들던 나무의
참된 주인으로 의자에 앉아
풍향과 요행에서 벗어나기를 원한다
내가 생각하는 새는 내가 생각하는 것을 보면서
자기가 태중임을 자랑하면서
　　　　　　　　　　—「내가 생각하는 새는」 전문

　이 시집에는 시집 전체의 계획을 넌지시 일러주는 메타
시가 한 편 실려 있다. 인용된 시가 바로 그것이다. 글의 서
두에서 변화와 단절을 의도하지 않으면서도 자연스럽게 시
의 몸을 바꾸어가는 실천이 있음을 말한 바 있다. 새로운
얼굴을 가지기 위해 일부러 "바위에 부리를 깨뜨리"는 파
격을 감행하지 않아도 새롭게 시작하는 시의 첫머리에 등

재되는 작품들이 있다. 서정시에서 목소리의 주인공이 서정적 자아나 시적 화자가 아니라 시적 주체라고 주장하는 번거로움을 덜고 그 무슨 이론들의 알리바이가 되지 않으면서도 시를 심리의 주관적 변용의 영역에서 구제하는 작품이 있다. "나뭇가지에 앉아서 풍조를" 즐기며 음풍영월하는 대신 "줄기를 붙들고 세게 흔"들며, 초월적 지위에서 비롯된 목소리가 한갓 가상임을 고지하면 또다른 지평에서 시의 내적 실재가 펼쳐지기 시작한다. 나뭇가지 위에서 세상을 부감하는 것이 아니라 나뭇가지를 벼려서 세계 속으로, "세계 여행의 꿈"(「시간을 재다」) 속으로, 그 모든 이야기 속으로 첫발을 떼게 하는 조촐한 버팀목을 벼리는 것, 언어를 부감된 세계의 거울이 아니라 탐사할 세계의 탐조등으로 돌려놓는 것, 이런 것들이 바로 이 메타시를 통해 넌지시 공표된 어떤 계획이다.

오래된 사랑을 설명하는 말을 답습하지 않고 여행에서 막 돌아온 자들의 회고담이 미래를 결정하게 두지도 않으면서 '세계로의 모험'이라는 꿈을 품은 채 다소 설레고 분주한 마음으로 서성대는 환전소(「시간을 재다」), 이 시를 우리는 그런 환전소로 읽을 수 있다. 세계에 대한 우리의 선이해, 시에 대한 습관적 기대와 정형화된 독법을, 이야기와 지연의 형식으로 기쁨과 슬픔의 상태들을 답사하는 언어와 교환하면서 우리는 새로운 세계의 문을 연다. 간판을 내걸지 않으면서도 기존 서정의 문법을 내파해가는 김상혁의 새 시집이

오히려 이토록 강렬하게 서정적인 까닭은 바로 그 환전에
있다. "이것은 새로운 세계"다.

김상혁 1979년 서울에서 태어났다. 2009년『세계의 문학』을 통해 등단했다. 시집으로『이 집에서 슬픔은 안 된다』가 있다.

문학동네시인선 086
다만 이야기가 남았네
ⓒ 김상혁 2016

1판 1쇄 2016년 11월 1일
1판 6쇄 2022년 5월 9일

지은이 | 김상혁
책임편집 | 김민정
편집 | 도한나 김필균
디자인 | 수류산방(樹流山房)
본문 디자인 | 유현아
마케팅 | 정민호 이숙재 한민아 김혜연 이가을 박지영 안남영 김수현 정경주
브랜딩 | 함유지 함근아 김희숙 정승민
제작 | 강신은 김동욱 임현식
제작처 | 영신사

펴낸곳 | (주)문학동네
펴낸이 | 김소영
출판등록 | 1993년 10월 22일 제2003-000045호
주소 | 10881 경기도 파주시 회동길 210
전자우편 | editor@munhak.com
대표전화 | 031) 955-8888
팩스 | 031) 955-8855
문의전화 | 031) 955-8895(마케팅), 031) 955-2678(편집)
문학동네카페 | http://cafe.naver.com/mhdn
북클럽문학동네 | http://bookclubmunhak.com

ISBN 978-89-546-4273-6 03810

www.munhak.com
문학동네